Petite Casbah

Scénario adaptation : Capucine Lewalle
Adaptation graphique : Audrey Simon

Création originale de Alice Zeniter et Alice Carré
Bible littéraire de Alice Zeniter et Alice Carré
Univers graphique de Elodie Rémy, Marine Vernhes et Benoît Ciarlo
Scénarios de Marie de Banville
Réalisation de Antoine Colomb


Le texte documentaire a été réalisé par Darjeeling
avec la participation de Sylvain Pattieu
Toutes les images du dossier documentaire sont tirées
de la série Lumni « Raconte-moi l'Algérie »

Les planches de cet album ont été initialement publiées
dans le magazine *Astrapi*.

Maquette : David Alazraki


18 rue Barbès, 92120 Montrouge
ISBN : 979-10-363-6660-4
Dépôt légal : mars 2025
Loi 49-956 du 16 juillet 1949 sur les publications
destinées à la jeunesse

Imprimé en Slovénie
www.bayardjeunessebd.com

MIXTE
Papier | Pour une gestion forestière responsable
FSC® C118234

D'après la série d'Alice Zeniter et Alice Carré

# Petite Casbah

## Sur les toits d'Alger

Bayard Jeunesse

ALGER, EN 1955.
Hein ?
Mais ! Y a pas la mer !
Humpf ?

Tu m'as menti, Malek ! Tu m'avais dit qu'on voyait la mer de chez toi.
Oui p'tite sœur, on la voit, mais pas de la fenêtre !
Je veux la voir !
Sois patiente, tu viens à peine d'arriver à Alger !
Fais pas ta tête de hérisson, Khadidja !
Bon... Viens, on va sur le toit...
Waouh ! Elle est immense !

Faut que maman voie ça.
T'inquiète pas, on la fera venir bientôt...
Tout ça, c'est Alger ?
Oui ! Ici, c'est la Casbah.
Là-bas, c'est le port.
Et de ce côté, c'est le quartier de Bab El Oued.
C'est là où je travaille.
Bon, on va à la mer maintenant ?
Ah non, je dois aller travailler au marché, moi.
Et toi aussi, t'as du travail, je te rappelle !
Huuunnnn !
J'y vais ! Et toi, tu étudies ça !
La lecture liée au langage
Hum...
La lecture liée au langage

1. ali porte des babouches.
2. bureau, bu, bo, ba, bé, bi,
3. la robe sale.
bébé a sali sa jolie robe
B... BA... BABOUCHE !
Tu vois, je sais lire ! Je peux venir avec toi au marché !
La lecture liée au langage
Non ! Il faut que tu rattrapes ton retard.
Bientôt, tu iras dans une école où tous les enfants savent lire, et j'ai promis à maman que tu serais prête.
Attends, Malek, attends ! maman m'a donné quelque chose pour toi...
Mais où est-ce qu'il est ?
On verra ça plus tard. À tout à l'heure !
Non, attends ! Je voulais te donner...
... un talisman. C'est pour... te protéger...

Malek...
Hé, salut Malek !
Salut, Lyes ! Dis donc, j'ai un peu de retard aujourd'hui, tu peux aller garder mon emplacement au marché ?
Oui, bien sûr, compte sur moi ! Je file ! À tout à l'heure...
Ah !
Voilà le talisman !
Malek ! Ton talisman !
Mais il est parti où ?

Par là !
TUUUUUT !
Attention, voyons !
Pardon Monsieur...
Hé ! Attention !
PAF!
Le talisman !
TUUUUUUT !

TUUUUUUT !
Haannn !
Ahhh !
Oh, Malek !
Mais qu'est-ce que tu fais là ? Je t'avais dit de rester à la maison !
J'ai retrouvé le talisman.
Maman, elle m'a dit que tu devais toujours le porter.
Bon bah, puisque t'es là, viens au marché avec moi...

T'es têtue, hein ?
Oui, c'est ce que maman, elle dit tout le temps...
Pourquoi, dans les lettres que tu nous as écrites, tu disais que t'avais une "boutique" ?
... alors que c'est pas une boutique, c'est juste une charrette !
Ça, c'est le voisin qui en rajoute quand il vous lit mes lettres ! C'est pour ça qu'il faut que tu saches lire toute seule !
Hum...
ALIMENT
Mais pourquoi on s'arrête ?
Heu... C'est ma charrette. Elle a un problème de roue...

Y en a pour longtemps ?
Non, t'inquiète.
Gd CAFE
ERIE LE TANTONVILLE
Ta... to... vvv...
Tan-ton-ville : c'est le café le plus célèbre d'Alger.
TANTONVILLE
BAM ! BAM !
BAM ! BAM !
Excuse-moi.
Bonjour ! Je vais vous prendre des nèfles, s'il vous plaît.
Oui, bien sûr.

Vous avez fait tomber ça.
Ah ? Merci.
Et voilà vos nèfles.
Merci !
C'est qui ? C'est ton amoureuse ?
Djamila ? Non, c'est une cliente.
Alors c'était quoi le cahier qu'elle t'a donné ? Y a des messages d'amour dedans ?
!?!

N'importe quoi ! C'est mon livre de comptes.
Allez, faut qu'on se dépêche d'aller au marché.
Hé, Lyes ! Merci pour la place.
Je te présente Khadidja, ma petite sœur. Elle est arrivée hier du village.
Khadidja, je te présente Lyes. Il habite en face de chez nous.
Salut !
Tiens, Khadidja. Tu vas m'aider pour la boutique.
Merci monsieur !
QUELQUES HEURES PLUS TARD...
Et voilà le travail !
Allez, on remballe, messieurs, dames !
Alleeeez ! Fissa fissa ! Vous avez pas vu l'heure ?

** Injure raciste pour parler d'une personne arabe.*

Ooooh !
Il m'a giflé !
J'ai... J'ai pas fait exprès. Je voulais juste aider la vieille dame !
Toi, t'es bon pour la prison !
Hé ?!
Ils sont pas près de le rattraper, il court vite, Malek...
Et toi, Khadidja, il faut pas que les policiers te voient. Allez, rentre chez toi !
Mais... mais je sais même pas où j'habite !
Hein ? Pffff... Bon, je te raccompagne !
Attends, Lyes, faut que je prenne la caisse...

Allez, suis-moi !
Pas par là, il y a le policier !
Vite ! Demi-tour !
Par ici !
... et par là !
Là, au moins, on est bien planqués. On ne croisera pas de policiers.
La Casbah, c'est comme un grand escalier ! Chaque marche, c'est une terrasse !
Et les terrasses, c'est pour les femmes et les enfants !
Alors, je peux te dire qu'ici, on est tranquilles !

Ça y est, on est arrivés chez moi ! Je te présente mes locataires, Philippe et Ahmed.
Voici Khadidja. Son frère a des ennuis avec la police.
Salut !
Et lui, c'est Abd-el-CHAder, le chat de la maison.
Hé, mais oui ! Je reconnais... C'est chez moi en face !
Merci de m'avoir raccompagnée, Lyes. Je rentre attendre mon frère...
Ah non, faut pas ! À cause des policiers, vaut mieux que tu te caches.
Tu peux rester ici. On est bien, non ?
Han, les policiers...
Les voilà, je te l'avais dit...
C'est ici qu'il habite, chef !

Mais ils font quoi ?
Ils cherchent Malek !
Attention ! Planquez-vous !
Y en a un qui redescend !
Oh, il attend ton frère en se cachant derrière la porte...
Je descends pour prévenir Malek, si jamais il arrive...
Non ! N'y va pas ! Les policiers vont te reconnaître !

Attends ! J'ai une autre idée pour alerter ton frère...
Ah bon ? C'est quoi ?
POLICE
On va le prévenir...
... en lançant des avions !
POLICE
Malek ! Le voilà !
C'est le moment ! On lance les avions !
Prêts ? Feu !

POLICE
POLISE
POLICE
POLISE
Oh non, c'est raté ! Il les a pas vus...
On te tient !
Aïeee !
Mais qu'est-ce qu'il a fait ? Il a forcément fait quelque chose ?
Oui, il a défendu une vieille dame au marché...
C'est pas juste !
Malek...
T'inquiète pas Khadidja, on est là... On te laissera pas tomber !

LE LENDEMAIN MATIN...
Salut Khadidja ! Alors, pas trop mal dormi ?
Mouais, bof...
Tu sais, il reste des choses à manger chez mon frère... On pourrait aller les chercher...
Oui, t'as raison, on y va ! Mais discrètement, faut que personne ne nous voie là-bas.
Allez, vite...
Hé hop, un peu de pain !
Je mets tout dans ma valise avec mes affaires...
Salam !
T'as entendu ? Y a des gens qui arrivent !
Elle est où, la chambre de Malek Delfaoui ?
Restons pas plantés là !
Vite ! Cache-toi !!!

Raaahhh... Y'a rien ici !
Attends...
Oh, mais regarde ce que j'ai trouvé !
Tu es qui, toi ?
Je suis la sœur de Malek.
Dis, petite, tu sais où ton frère range ses papiers ?
... Non.
Et tu l'as vu parler à des Français, ton frère ?
Heu... Non.
Bon, on laisse tomber ! On trouvera rien ici !
Faut qu'on y aille !
Tu ne nous as pas vus. C'est compris ?
Attendez ! Vous savez ce qu'il lui est arrivé, à mon frère ? Il est où ?
Il est à Barberousse. C'est une prison.
Oh...
C'était qui ces types ?
Je t'expliquerai plus tard.

PENDANT CE TEMPS-LÀ...
ÉCOLE DE GARÇONS
Plus qu'une journée d'école avant LE match de boxe du siècle ! Alphonse Halimi contre le Lillois, ça va être incroyable...
ÉCOLE DE GARÇONS
Et en plus, le match a lieu ici, à Alger !
QUELQUES INSTANTS PLUS TARD...
MER MÉDITER
Oran
Bône
stantine
TUNISIE
ALGÉRIE
HARA
Les richesses des quatre départements français d'Algérie sont...
... les fruits, les céréales, le tabac...
J'ai vraiment hâte de voir le match...
Halimi, c'est vraiment le meilleur ! Je suis sûr qu'il va gagner !
HALIMI CONTRE LE LILLOIS
Ha ha, la blague !! Ton Halimi, il va se faire écrabouiller par le Lillois !
HALIMI CONTRE LE LILLOIS
N'importe quoi, Guy ! Tout le monde dit que c'est le meilleur. C'est même dans le journal !
Hop, hop, hop ! Qu'est-ce que c'est que ça ?
Oups !

Halimi contre Le Lillois... Hum... Le match de ce soir semble plus vous intéresser que la classe.
Oui... euh enfin non, non, non... C'est juste que...
Moi, m'sieur, avec mon père qui est policier, on va aller le voir en vrai, le match !
Vous avez de la chance, Brissot. Ce sont les deux meilleurs boxeurs français.
Mais m'sieur, Halimi, il est pas français !
Si, il est français. Même qu'il est aussi juif et algérien, comme moi.
Et moi, je suis espagnol, français et algérien...
Moi, mon père, il dit qu'on peut pas être français et algérien en même temps.
Ben oui. Moi par exemple, je suis un vrai Français et c'est tout !
N'importe quoi !
Mais nous aussi on est des vrais Français.

Laisse-le parler, on s'en fiche !
On t'a pas sonné, monsieur le bicot !
Guy Brissot !!! Je vous défends de parler comme ça dans ma classe !
Vous me ferez cent lignes pour demain ! Donnez-moi votre carnet de correspondance.
DRINGGGGG
DRINGGGGG
Bon, le cours est terminé...
Et n'oubliez pas ce que disait Jean Jaurès : « Au fond, il n'y a qu'une seule race : l'humanité. »
MER MÉDITERRANÉE
Alger
Oran
MAROC
ALGÉRIE
PENDANT CE TEMPS-LÀ...
Alors, tu me dis... C'était qui, ces deux types chez Malek ?
Des indépendantistes, je crois.
C'est quoi, des indépendantistes ?
Des gens qui veulent que l'Algérie soit aux Algériens, pas aux Français.

Il ferait pas de la politique, ton frère ?
Non ! Il vend des fruits et légumes, c'est tout.
Qu'est-ce que je vais devenir si Malek reste en prison ?
Si tu veux, tu peux rester ici...
Merci, c'est gentil... Mais il n'y a même pas de matelas...
Alors ça, t'inquiète pas ! Je vais trouver une solution...
Salut Philippe, salut Ahmed !
Salut Lyes !
Han, han !
Hey Philippe, j'me disais, euh... ça te dirait que je t'emmène voir Halimi boxer en vrai ?
C'est mon rêve !! Tu peux faire ça, toi !?
Hé ouais !
Mais c'est impossible. Le match est complet...
Et moi je te promets que je vais t'emmener le voir ton champion...
C'est vrai de vrai ?
Oui, mais à une condition...
Quoi? Tu veux quoi en échange? Dis moi !!!...
Tu verras...

Allez, dis-moi...
Tu m'emmènes
voir Halimi en échange
de quoi ?
Un truc !
Bon, suis-moi
et tu verras !
D'accord, d'accord,
je te suis...
Je me demande bien
où ils vont...
C'est ta valise ?
Oui.
Oh ! Un carnet
de dessin !...
C'est à qui ?
C'est à Malek,
c'est son carnet
de comptes.
« Ali Baba »,
« Œil de loup »...
Ils ont des drôles
de noms, ses clients...
Oui, mon frère aime bien
donner des surnoms à tout
le monde. Moi, c'est Hérisson !

Tu crois que je peux m'en servir pour dessiner ?
Ben non. Tu peux pas.
Quoique... En fait, je veux bien que tu utilises quelques pages si tu m'emmènes...
Si je t'emmène où ?
À la prison de Barberousse !
PENDANT CE TEMPS...
Et voilà !
Mais c'est chez moi !?!
Hé bin, sacrée maison ! T'es un riche, toi !
Bon, hé... Maintenant tu me dis ce que tu veux !
Ton matelas !
Mon... ? Hein ?
Pour Khadidja. Elle va pas dormir par terre quand même...

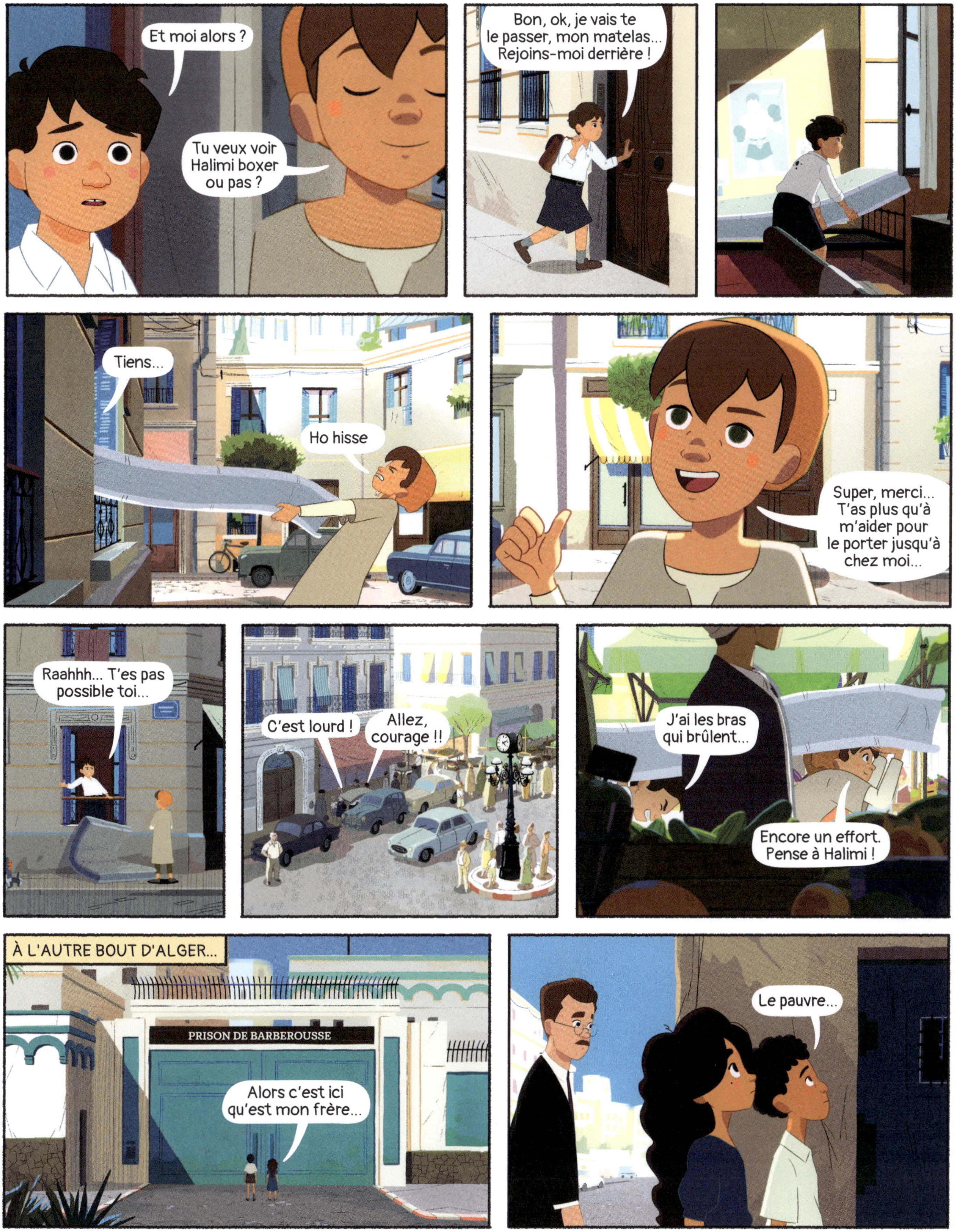
Et moi alors ?
Tu veux voir Halimi boxer ou pas ?
Bon, ok, je vais te le passer, mon matelas... Rejoins-moi derrière !
Tiens...
Ho hisse
Super, merci... T'as plus qu'à m'aider pour le porter jusqu'à chez moi...
Raahhh... T'es pas possible toi...
C'est lourd !
Allez, courage !!
J'ai les bras qui brûlent...
Encore un effort. Pense à Halimi !
À L'AUTRE BOUT D'ALGER...
PRISON DE BARBEROUSSE
Alors c'est ici qu'est mon frère...
Le pauvre...

Ahmed, mais que faites-vous là ?
Ah, bonjour, maître. Eh bien, j'accompagne mon amie...
Mon frère est là-dedans. Il s'appelle Malek Delfaoui. Il a été arrêté...
Ah bon? Pourquoi ?
Il s'est disputé avec un policier en aidant une vieille dame et il lui a donné une gifle...
Quoi ? Il a giflé un policier ?
Oui, mais il l'a pas fait exprès !
Gifler un policier, c'est grave ! Et encore plus en ce moment...
Les policiers sont tendus car il y a eu des attaques en dehors d'Alger.
Alors, ils vont pas le libérer ?
On ne peut pas savoir. Mais, comme j'aide les prisonniers à lire et écrire leur courrier, je peux lui parler...
Oh oui ! Dites-lui que je suis protégée par Lyes... et ses amis aussi ! Et que je l'attends pour aller voir la mer...
Je lui dirai...

PENDANT CE TEMPS-LÀ...
C'est lourd...
C'est encore loin ?...
Roohhh...Mais j'en ai marre moi... !
Mais c'est pas vrai ! On est où, là encore ?
Cette fois, je m'en vais !!!
T'es sûr ? Parce qu'on approche vraiment du but, là...
Paf !
Paf !
Paf !
Paf !
C'est quoi ce bruit ? On dirait que...
Paf !
Paf !
...que c'est Halimi qui boxe...

Héhé ! Je t'ai promis de « voir Halimi boxer »...
Et je tiens toujours mes promesses...
Whaouh !!!
HALIMI !
Paf !
Wooo ! Ce crochet du gauche!
Aaah !
?!?
Heu... Bon...jour !
Hum...?

QUELQUES INSTANTS PLUS TARD.
Ah ! C'est fou ! C'est génial !
Halimi nous a donné une de ses paires de gants !
SMACK !
Et en plus, ils nous les a dédicacés !
C'EST LE PLUS BEAU JOUR DE MA VIIIE!
Allez champion, Direction la casbah !
Tiens, Khadidja ! C'est pour toi !
Tu vas enfin pouvoir dormir sur un matelas !
Oh, merci !
Il est hyper confortable en plus !
Et toi, tu vas dormir comment ?
Oh, t'inquiète! J'ai eu un énorme cadeau en échange !

Tu as vraiment vu Halimi boxer !?
Mieux que ça !!
Faut que je rentre pour écouter le match à la radio...
...Mais viens, je te raconterai en route.
CHEZ LES BRISSOT...
C'est l'heure ! On y va. Tu finiras tes devoirs plus tard...
Oui!!! Je vais enfin voir le match !!!!
J'espère qu'on sera au premier rang...
Oups...
Qu'est-ce que tu viens de faire tomber...?
Non, rien.
Qu'est-ce que c'est ?

Donne-moi ça...
Non, mais...
ÉCOLE PUBLIQUE
Alger
Oh !
ÉCOLE PUBLIQUE
Alger
Tu as eu une punition parce que tu as insulté un camarade !?!!
ÉCOLE PUBLIQUE
C'est Philippe Hakoun qui a commencé ! C'est à cause de lui que je...
Je t'avais demandé de ne plus ramener de punition !
Tu ne m'accompagneras pas au match ce soir.
Oh non ! S'il te plaît, papa ! S'il te plaît...
Non... Raaahhh !!

CHEZ PHILIPPE...
... les deux boxeurs se préparent...
... Dans quelques minutes, ils vont s'affronter...
Ouf ! J'arrive à temps pour écouter le match !
Ah, te voilà, toi ! Je peux savoir où est ton matelas ?
Hein.. ? Mon matelas a disparu ?
Quelqu'un a dû le voler... Comme j'ai pas fermé ma fenêtre...
Bah voyons !
Tu as quelque chose à dire pour ta défense ?
Non papa...

Alors, tu vas dans ta chambre tout de suite.
Mais maman, y'a Halimi qui boxe !
Tu es puni ! Allez, ouste !
Oh non...
Et voilà, les deux boxeurs montent sur le ring...
Ici à Alger, la ferveur autour d'Halimi est IMMENSE !
Et c'est le gong ! C'est parti !
Le Lillois attaque aussitôt...
Whaouh ! Tout le monde suit le match à la radio...
Olalalalalala ! Le Lillois n'en mène pas large.

Halimi vient de retourner la situation d'un magnifique crochet !
INCROYABLE ! Le Lillois s'écroule !
Et c'est terminé ! Sans hésitation, l'arbitre proclame Halimi grand et beau CHAMPION DU MONDE !!!!
Youhouuu !!

À suivre...

# Dossier documentaire

## L'Algérie en 1955

# AVANT LA COLONISATION FRANÇAISE, IL Y AVAIT...

**Les populations qui vivent en Algérie avant la colonisation française sont multiples. Les principales sont les Berbères, les Arabes et les Juifs.**

Présence des tribus berbères en Afrique du Nord

## Les Berbères

Les Berbères, organisés en tribus, sont les premiers à s'être installés sur le territoire algérien. On retrouve des traces de leurs ancêtres dès la Préhistoire. Ils vivent dans des régions différentes. Les Kabyles, par exemple, **comme la famille de Khadidja**, viennent de la Kabylie, une région située dans le nord de l'Algérie, et parlent le kabyle.

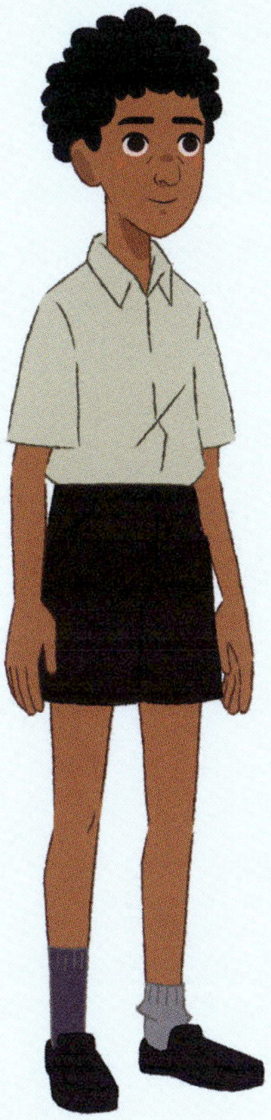

## Les Arabes

Les Arabes, **comme la famille d'Ahmed**, viennent de la péninsule arabique et arrivent au VII$^{e}$ siècle après J.C. Après des années de bataille contre les Berbères, les cavaliers arabes s'installent dans toute l'Afrique du Nord, qu'on appelle le Maghreb. La présence arabe mêlée aux cultures berbères a donné lieu à un épanouissement culturel et intellectuel sans précédent.

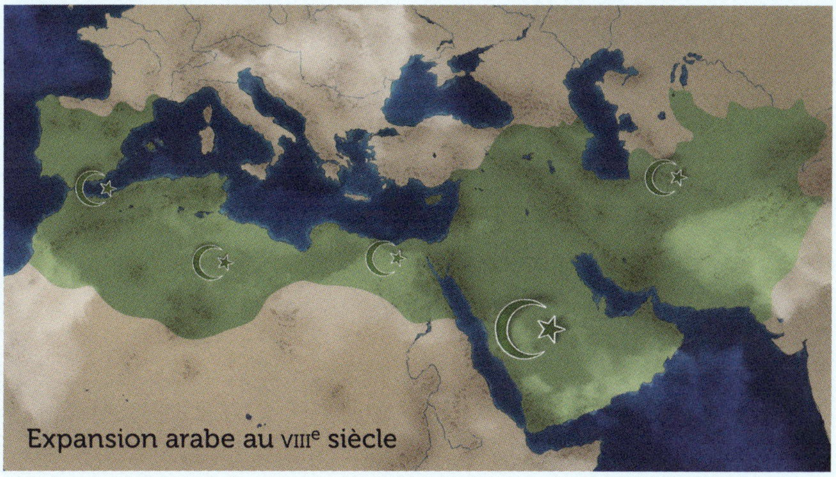
Expansion arabe au VIII$^{e}$ siècle

## Les Juifs

Les Juifs d'Algérie, **comme la famille de Philippe**, sont arrivés en deux temps : en l'an 70, après que les Romains aient détruit le temple des Juifs et les aient expulsés de l'Ancien royaume d'Israël. Une autre fois, en 1492, lorsqu'Isabelle de Castille et Ferdinand d'Aragon, la reine et le roi d'Espagne, ont expulsé les Juifs d'Espagne qui ne voulaient pas devenir catholiques. On les appelle les Juifs séfarades, ce dernier mot signifiant «espagnol», en hébreu.

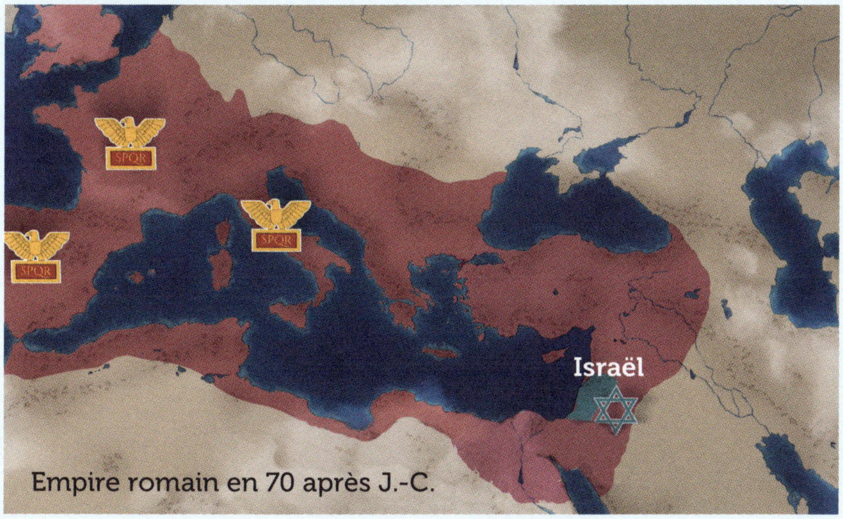

Empire romain en 70 après J.-C.

# LA CONQUÊTE FRANÇAISE

## L'armée française débarque à Alger...

En 1830, Alger est une province de l'empire ottoman (l'actuelle Turquie) quand le roi de France Charles X ordonne à son armée de conquérir la ville, suite à un incident diplomatique avec le dey, le dirigeant d'Alger. Le roi envoie alors 35 000 soldats.

Très vite, l'armée française s'étend au-delà d'Alger et se heurte à une rébellion des habitants, qui, confrontés à de multiples invasions, ont appris à résister. C'est le début de la conquête de l'Algérie, et d'un conflit franco-algérien qui va durer plus d'un siècle.

## La révolte d'Abdelkader

Abdelkader est désigné par les tribus algériennes comme émir et prend le commandement de cette révolte. Pendant presque dix ans, Abdelkader organise la résistance et combat farouchement l'armée française, jusqu'en 1847, date à laquelle il rend les armes. **Le chat de Lyes s'appelle Abd el Chader**, précisément en référence à l'émir.

# LA COLONISATION FRANÇAISE

## Les premiers colons

Dès 1848, la France déclare l'Algérie territoire français, et propose à des familles allemandes, suisses et françaises de venir s'installer en échange d'une maison et de terres qu'elle confisque aux populations locales. Les autochtones* perdent 40 % de leurs terres dont les plus fertiles. Les familles ont de moins en moins de terres sur lesquelles habiter et grâce auxquelles survivre. Ces premiers colons ne sont pas tous préparés aux fortes chaleurs, ni aux épidémies, ni aux terres arides et pour certains, retournent en Europe.

* autochtone : se dit de quelqu'un originaire du pays qu'il habite, dont les ancêtres ont vécu dans ce pays.

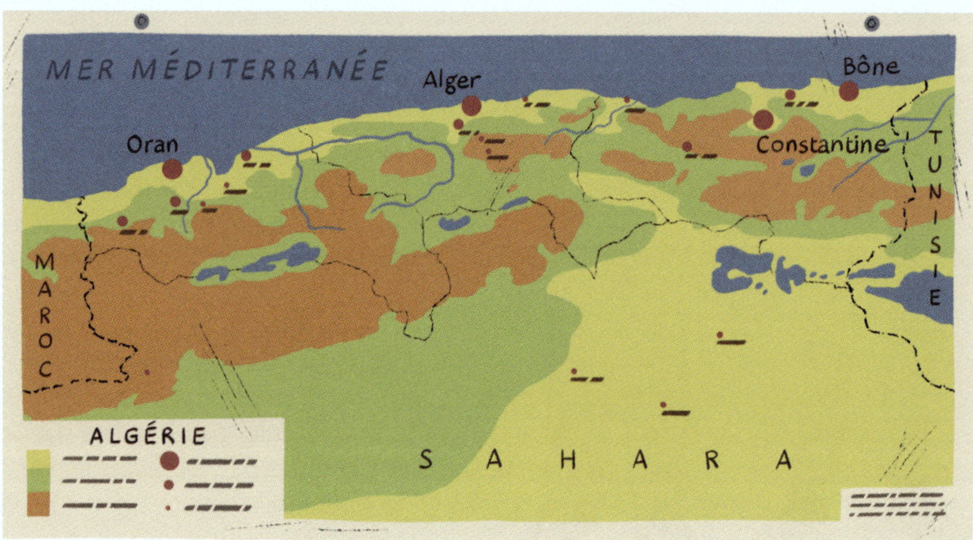

## Les colons européens

La France appelle alors les familles des paysans européens. Pour la plupart, ces familles sont très pauvres et prêtes à tout pour fuir la misère de leur pays d'origine. Plus habitués aux conditions arides et difficiles, ils s'adaptent mieux et restent. En s'installant en Algérie, ils doivent apprendre à vivre avec les populations locales : berbères, juives et arabes.

## Des inégalités coloniales

En 1880, le gouvernement français creuse un fossé encore plus grand entre ces populations en donnant la citoyenneté française aux Juifs et aux Européens. Les Arabes et Berbères restent, eux, considérés comme des indigènes* et doivent suivre d'autres règles dans un code écrit pour eux, appelé le code de l'indigénat.

Pendant toute la période coloniale, la France fait appel à des fonctionnaires français de métropole pour administrer* le pays. C'est comme cela que **le père de Guy** arrive en Algérie.

* indigène : ce mot est un synonyme de autochtone.

* administer : diriger ou gérer les affaires publiques.

# ALPHONSE HALIMI

## Un vrai champion et un faux match

Dans la bande dessinée, Philippe rêve de devenir boxeur, comme son idole, Alphonse Halimi. Champion de boxe adulé en Algérie, Alphonse Halimi a vraiment existé, mais contrairement à ce qui est raconté dans la bande dessinée, il n'a jamais remporté de match à Alger contre le Lillois, cela a été inventé pour les besoins de l'histoire.

Alphonse Halimi était un Français juif d'Algérie, comme Philippe. Il avait même cousu une étoile de David sur son short. Il est considéré comme l'un des plus grands boxeurs de son époque.

## La vraie histoire d'Alphonse Halimi

Né en 1932 en Algérie, Alphonse Halimi a grandi dans un monde où les enfants n'avaient pas toujours accès aux sports, ni aux loisirs. Même s'il est né dans une famille nombreuse et pas forcément très riche, Alphonse rêvait de devenir un grand boxeur, comme son idole Marcel Cerdan. Il a commencé à s'entraîner dans les clubs de boxe, et grâce à son travail acharné, il est devenu l'un des meilleurs.
Il a remporté son premier titre de champion de France à seulement 20 ans.

## Un parcours impressionnant

Le moment le plus marquant de sa carrière a été celui où il a remporté le titre de champion du monde des poids coqs en 1957 contre le boxeur Mario D'Agata. C'était une victoire immense !
Il faudra d'ailleurs attendre trente deux ans pour qu'un boxeur français soit couronné de nouveau champion du monde.

**Pour en savoir plus, retrouve le documentaire sur**

Lumni t'as la ref